短編集

THE GRASSHOPPER

参

喜佐久
KISAKU

文芸社

短編集　THE GRASSHOPPER 参

目次

スーパーガール

一章　スーパードクター

「また竜也こんな所で仕事さぼってるの？」

社員食堂でテレビを見ている竜也に、同期の風子《ふうこ》がいつものように注意してきた。

「珍しく何をそんなに真剣に観てるの？　ああスーパードクター中島さんが訴えられた件ね。気の毒にねえ、もうメスを握らないと言っているそうよ」

「風子、昼ご飯はまだか？」

「ええ」

風子は不思議そうに竜也の方を見た。

「今からホワイト病院に営業に行く。ちょっと俺とつきあってくれ」

竜也は、ホワイト病院に着くなり食堂へ直行した。

「営業っていうわりに腹ごしらえが先なの？」

風子が少しからかって言った。竜也は気にせずある男性の席で立ち止まった。

「相変わらずこんな時でもゲンを担いでカツ丼を食べてるんだなあ。中島」

その男性は驚いて振り返った。

「竜也じゃないか」

「風子、お前もカツ丼でいいよな。同席させてもらうぜ中島先生」

「えっ、この方がスーパードクターの？」

風子は竜也とテーブルに座った。中島は、初対面の風子に語り始めた。

「元暴走族リーダーの竜也は、何をやらせても完璧だった。野球をやっては、弱小チームを率いて甲子園へ出場、必死で勉強のみに専念した僕は、T大学医学部を補欠合格がやっとだったのに竜也はなんと……。せっかく竜也がくれたチャンスだったのにこんなことになるとは本当に申し訳ない」

「えっ⁉」

風子は、思わず声を出した。

ほおばってカツ丼を食べていた竜也がふいに箸を置いた。

「お前らしくもない台詞《せりふ》だな。残念ながらその努力はその家族には伝わらなかった。しかし天は見てたはずだぜ」

「竜也！　ありがとう。それを伝えるためにわざわざ彼女と来てくれたんだな」

「カノジョじゃありません」

風子が顔を赤くして慌てて答えた。

「いやそういう意味じゃなくて」

三人は食堂じゅうに響くぐらい大笑いした。

「なあ中島、どうして辞退したのが俺だってわかったんだ?」

「当たり前だ。この世にT大を辞退する奴なんて竜也しかいないだろ」

「やっぱし」

少し竜也はおどけて見せた。

二章　投了後の詰め将棋

「なんですって、名人と将棋を指すの？」

会社の昼休み、近くの公園でハンバーガーを口に含んだ風子は呆れて竜也に言った。

「ああ」

「竜也、将棋のルールは知っているの？　たった一ヶ月で勝ち目はないわ」

風子の説得にも素知らぬ顔で、竜也はホワイト小学校の将棋部の方へ歩いていった。

「王手」

「すごい、また太郎《たろう》君の勝ちだ」

「太郎君、次は僕と指そうよ」

太郎君と直人《なおと》君の対局が始まった。それを竜也は真剣に見ている。

「矢倉だね」

そばで見ていた卓司《たくし》君がつぶやいた。

「何だそれは？」

竜也が卓司君に思わずたずねた。

「将棋にはね、四間飛車《しけんびしゃ》、中《なか》飛車、穴熊などの戦法があるのさ。お兄ちゃん」

「ふーん」

竜也は感心して卓司君の話を聞いている。

太郎君と直人君の対局も終盤に差しかかってきた。序盤から太郎君が優勢で、今やまさに勝勢である。

「あれっ、どうして太郎君は、自分の番がくるとあんなにすぐに駒を指すんだ?」

竜也が尋ねた。それを聞いて卓司君は、得意そうに竜也に説明した。

「勝利までの手は、すでに太郎君には見えている。直人君に考える時間を与えない」

1ヶ月後の日曜の朝、竜也は風子や子供達と一緒に対局の行われる会場へ向かった。

「竜也、いよいよ今日は対局ね。子供達の将棋は何か参考になった?」

風子がたずねた。

「もちろんだ。はっきり言って今の時代の新戦法では、僕に勝ち目はない。僕が誘いこんだ戦法に名人が油断して乗ってくれれば勝機はある。あとは終盤の紙一重が勝敗を分ける」

竜也は、対局場へ名人より先に入って待っている。そこへ名人が、大きな態度で遅れて入って来て、着座するなり竜也に向かって言った。

「よく逃げ出さずに来たな。先手を指してもいいぞ」

竜也が六手目を指した時に名人が少し考えてつぶやいた。

「ほう棒銀か、古典的な戦法だな……面白い」

名人がすかさず乗ってきた。それを見て竜也の目がキラリと光った。

対局も中盤にさしかかってきた。子供達も風子も固唾を呑んで見守っている。卓司君はポツリと言った。

「お兄ちゃん、頑張れ」

名人は少し真面目な顔をして言った。

「ど素人が、わずか一ヶ月でこれだけ指せるようになったとはな。褒めてやるよ」

対局も終盤に来て余裕だった名人の顔も真剣になってきた。ところが名人は、一手指して安心し、足をくずしてだらしないかっこうで片手でお茶を飲んで言った。

「これを破る指し手はない」

子供達が見守る中、竜也は長考している。

名人が冷やかして竜也に言う。

「時間切れになりそうだな」

タイムキーパーが秒読みを開始した。

「二十秒、一、二、三、四、五、六、七、八、九」

風子は、祈るように目を閉じている。その時竜也の目が輝いて、タイムオーバーぎりぎりで駒を指した。

名人は、ニヤついたままうなずいて見ていたが、急に青ざめた。

タイムキーパーが秒読みを開始する。名人は時間ぎりぎり自信なく駒を指す。竜也が間髪いれずに駒を指す。卓司君が大喜びで言う。

「そうお兄ちゃん。相手に考える時間を与えない」

名人がうつむいて小さな声で言う。

「負けました」

竜也は礼をした後、両手で茶碗を持ちゆっくりとお茶を飲んだ。風子が得意そうに子供達に言う。

「竜也は、茶道も師範なのよ」

対局が終わり、竜也は風子と帰っていった。

「確かに最後は、紙一重だったけど、ぎりぎりでどうやって思いついたの？」

風子は、不思議そうにたずねた。

「実は昔、親父が投了後の詰め将棋をやっているのを見たんだ。それが、たまたまあの局面と同じだったというわけさ」

「それじゃお父さんのおかげじゃない？」

「まあ今回ばかりは、そうなるかな」

竜也は少し照れ笑いをした。

三章　美少女コンテスト

「今日は、飲みすぎたわ。終電にも間に合わなかったし」

風子は、ほろ酔い気分だった。

竜也は、

「ああ」

とだけ答えた。二人は、無言のまま高架下を歩いていた。その時である。

「ちょっと待ちな。お二人さん。随分、見せつけてくれるじゃねえか」

すれ違った三人連れの一人が冷やかしてきた。

「竜也、行きましょう」

風子は、あわてて竜也の腕を強く引っ張った。その竜也を見て若い男が言った。

「シカトかよ。色男、待てと言っているだろう。ちょいと痛い目にあってもらいたいんだよ」

竜也は、三人に摑みかかられた。それを見て風子は気を失った。それを確かめた瞬間、竜也は一人のチンピラの腕をつかんでねじり上げた。

「痛たたあ」

もう一人が、殴りかかってくる。竜也は、軽くパンチを弾き、呟いた。

「小僧、それまでだ」

見る見る三人を捻じ伏せた。

「十年、早かったな」

それを聞いて三人は、あわてて逃げて行った。竜也は風子をオンブし、一言つぶやいた。

「最近の女子は、重たいな」

「何か言った？」

風子は、薄目を開けて言った。

「ありゃ、起きてたの？」

竜也は、おどけて言った。

竜也のアパートに着いたのは、すでに十二時過ぎだった。竜也は、眠っている風子に言った。

「寝る時くらい眼鏡を取れよ」

竜也が、その眼鏡を外してやり、初めて風子の素顔を見た。

「ん」

◆

翌朝、風子は聞き慣れない女性の声で目が覚めた。

「おはようございます。風子さん」

「えっ」

「風子さんのことは、よく聞いてるわ。フフフ。私の紺のブレザー、サイズ合うかしら。会社に行くんでしょ。昨日と同じ服じゃあねえ」

ここまで話を聞いて、風子にもやっと状況が理解できた。

「竜也には彼女が居たんだ」

風子は、ショックを隠せなかった。

「やっぱ、誤解した？　少し、風子さんをいじめたくなっちゃった。私は、祐子《ゆうこ》。妹です」

「妹さん」

風子は内心ホッとした。

「私の父と、お兄ちゃんのお母さんは再婚同士なの。でもね、新婚旅行に行ったきり二人は帰って来ないの。私が十七歳で、お兄ちゃんが十九歳の時よ。最初、私は、お兄ちゃんのことが嫌いでね。作ってもらったお弁当も持って行かなかったのよ。そんなある日ね、私が自転車で走ってたら、道から飛び出して来た外国車のドアにぶつかってしまって、相手は百万円請求してきたわ。そんなお金、有るわけないじゃない。

うずくまって泣いてたら、おにいちゃんが駆けつけて来てくれて、分割で僕が返しますって話をつけてくれたのよ。それからのお兄ちゃんは、朝は新聞配達、私のお弁当を作った後はサラリーマン、夜はバーテンダー、そんなお兄ちゃんを見てるうちに私も何かできることないかって尋ねたらお兄ちゃんが、『じゃあ、モデルになってくれないか？』って新聞のコンテスト募集のスケッチのページを見せてくれたわ。それからは、そんな生活が三ヶ月ぐらい続いたかな。ある日、相手の車のドライバーが、もう来月の返済で示談にしてくれるって言いに来てくれてね」

祐子は、涙ぐんでいた。

「へえ、そんなことがあったんだ」

風子は、感心して言った。

「ある日、お兄ちゃんが、モデル料って言って私に二万円くれようとするのね。何これって私が尋ねたら、あの絵は【美少女コンテストスケッチ佳作】に選ばれたんだって」

「くだらない話をしてないで、早く会社に行くぞ。遅刻するぜ」

竜也がシビレを切らして部屋に入って来た。

風子は、祐子が貸してくれたブレザーに着替えてから、竜也の後を追いかけて一人つぶやいた。

Renya.

「でも、義理の妹さんか。怪しいね」

四章　天和《テンホー》

「久々の休みかあ。いっつもよく働いているからなあ。今日は、仕事も忘れてゆっくりショッピングでもしよっと。あっそうそう、アメリカ製ブランドのバッグの割引葉書は、持ってきたかな」

　仕事熱心で、オシャレな風子は上機嫌で町を歩いていた。

「おっと、この繁華街は危ないね。すみやかに通り過ぎよう」

　風子は、早足になった。その時である。

「何、お金がないだと。ガキだからって容赦はしないぞ」

「おじさん、ご免なさい。僕ら、こんなに高くなるとは思ってなかったんです」

　黒いサングラスをかけた、いかにも悪そうな男性に、高校生ぐらいの男の子達が謝っている。風子は看板を見上げた。麻雀と書いてある。瞬時に状況は把握できた。サングラスの男が、風子の方に視線を向けてきた。

「おうおう、何ジロジロ見てるんだよ。お嬢ちゃんの来るような所じゃないぜ」

　ところが、そこが風子である。

「あたし、確率統計は得意なのよ」

風子は、自信満々で雀荘に入って行った。

ところが、……。

「信じられない。そんなはずは」

「これでお嬢ちゃん分かったかい？　勉強と実戦は違うんだよ。どう支払ってくれるんだい」

サングラスの男は、勝ち誇ったように風子に近づいてきた。

「ドカッ」

大きな音と共にドアが開いた。

「何だ。この男は」

「竜也」

風子は今にも泣きそうだった。

「ダイサンゲン、スーアンコウ、コクシムソウ、リューイーソー、チューレンポウトウ」

「すげえ。役満を連発だ」

学生達は、興奮を隠せなかった。

「てめえ、ふざけやがって。イカサマしてるんじゃねえだろうな」

サングラスの男は、ひどく取り乱した。

「テンホー、またテンホー」

学生達は、声をそろえて大喜びだ。

「ボス、どういたしやしょう。絶対にイカサマですぜ」

サングラスの男は、奥で控えている貫禄のある男に訴えた。その男は、一部始終をじっと見ていたが、落ち着いた様子で答えた。

「いや、やつは配牌の時に、指で牌の彫りを探って自分の所に牌が来るように並べてるんだ」

「そんなことが可能なんですか?」

「フフッその証拠にヤツに牌を触らせるな」

ボスは全てを見透かしたように言った。

「そういうわけか、貴様のトリックもこれまでだな」

サングラスの男は、自信満々で牌を配った。

「何、また天和《テンホー》だと。ボス」

「参りました。私達のかなう相手ではありません」

さすがにボスらしく頭を下げた。

竜也は、風子と雀荘を出て行った。

「竜也、いったいどうやって役満を連発したの?」

「実は、ボスが言ってることは図星だった。正直、俺はもうダメだと思っていた」

「えっ、それじゃ最後の配牌だけは？」

「本当の天和《テンホー》だった」

それを聞いて、風子は腰を抜かしそうになった。

「よくそれで、平静を装えたわね」

竜也は、苦笑いをしてポツリと付け加えた。

「また天に借りが出来ちまったな」

「でも、それに気付けるのも竜也だけだね」

風子は、ズレた眼鏡を元に戻して言った。

「やっぱし」

竜也は、いつもの台詞を言って含み笑いをした。


〜モノローグ〜

天和、それは、昔、正直な夫婦が、イカサマに遭い、財産を全て巻き上げられそうになった時、それを見かねた梵天《ぼんてん》（注1）が配牌時に全て揃えたという。熟練の雀士でも、生涯に一度、成せるかどうかの大技だ。

注1　梵天　宇宙の創造主

五章　無敗のチャンピオン

「やりました。チャンピオン七回目の防衛です」

アナウンサーは、興奮して言った。

インタビュアーは、風子。

「チャンピオン、素晴らしい試合でした。勝利の感想を、お聞かせ下さい」

チャンピオンは、憮然として答えた。

「お前みたいなブスが、俺にインタビューできると思っているのか。ハッキリ言って俺より強い奴は、この世に居ない」

その台詞が、風子のそばでアシスタントをしていた竜也に火をつけた。

「僕が、やろう」


竜也が、チャンピオンに宣戦布告してから一週間が過ぎた。実家の近くでランニングしながら、ふと竜也は考えた。

「一ヶ月で5キロの減量か、まあ楽勝だな」

ピッチが乗ってきたところで、さらに思った。

「このコースを走るのは、高校三年以来だな。そう言えば、ここは中島の家だったたな。あの時は俺は、T大学の赤本を思い浮かべながら走っていたっけ？　高校野球の地区予選を控えて……、確か中島は、生まれたばかりの弟をオンブしていて、勉強してる姿をカーテンの影が映していた。中島のお母さんは、町内一の小町（注2）だが体が弱くてな」

◆

「第一ラウンド開始のゴングが鳴りました。チャンピオンと挑戦者の竜也選手が、リングの中央に寄りました。おっと、いきなりチャンピオンのフックが、竜也選手の顔を捉えました。続いて二発、三発、ボディ。なんと、まるで人間サンドバッグです」

「おいおい、三ラウンドは持ってくれよ」

チャンピオンは、ニヤリと笑って言った。その声は、リングサイドで竜也のトレーナーをしている風子にも聞こえた。

「ここでゴング。レフェリーが止めます」

第二ラウンドも竜也は、打たれ続けた。

「もう立っているのが精一杯という感じです。ここでチャンピオンの強烈なラッシュ。おっと、ゴングだゴング。竜也選手ゴングに救われました」

トレーナーの風子が慌てて竜也に寄り添う。

「派手に殴られたわね」

「ああ、男前が台無しだ」

「これ以上見てられないわ。ダウンしたらタオル投げ込むわよ」

「ダウンしたらな」

竜也は、不敵に笑った。

「第三ラウンド開始のゴングが鳴りました。竜也選手相当なパンチを食らっていますが、このラウンドなんとか持ちこたえられるか」

アナウンサーは、続けて言った。

「このラウンドも厳しい状況が続きます。チャンピオンの勝利はもう確定的か」

チャンピオンは、余裕で右腕をグルグル回した。っとその瞬間、竜也はフラついた体勢を立て直して、強烈なパンチをチャンピオンの顎に打ち込んだ。チャンピオンは、白眼を剝《む》いてマットでのたうち回っている。何とか、カウントエイトで立ち上がり、見苦しいパンチを竜也に浴びせる。竜也は除《よ》けようともせず、鋭い目でチャンピオンの顔面に一発パンチを叩き込んだ。

「三ラウンドだ」

竜也がボソリと言った。

勝利のゴングが鳴り響くと同時に、風子が竜也に駆け寄った。

「三ラウンド持たなかったのは、チャンピオンの方ね」

風子は、皮肉を込めて言った。

「チャンピオンは、勝ってもいないのに勝ったと確信したんだな」

竜也は、寂しそうな笑みを浮かべた。

「ふーん、ところで……私がブスって言われたから怒ったの？」

風子は竜也に色っぽく尋ねた。竜也は、はぐらかすように言った。

「フフッ殴られ過ぎて忘れた」

それを聞いて、風子は口を尖らせて言った。

「中島先生に治してもらえば」

◆

「あのー、竜也選手」

「ん」

「チャンピオンが、お呼びです」

「貴様、素人のフリをして、俺が油断するのを待ってたんだな」

「いや、俺にそんな余裕は無かった。当たったのは、マグレだ」

「フフ、マグレで俺に二発も当たるかな。ありがとう。これで目が覚めた。また、一から始めることにするよ」
チャンピオンは、笑顔で竜也に、右手を差し出し、竜也もそれに応じることにした。

注2　小町　グループで評判の美人

六章　竜也ヒストリー

竜也は断っていたが、風子が無理矢理ホワイト病院へ連れて来た。

「本当に竜也は、無茶をするんだから」

中島先生は、手際よく処置をした後、苦笑いをした。

「本当に生きているのが不思議ね」

風子は、安堵の笑みを浮かべる。

「正樹《まさき》さん。今日は近くまで買い物に来たので、ついでにお弁当を持って来ました」

かぼそい女性が、用事だけ済まして、笑顔で会釈して出て行った。

「相変わらず、中島のお母さんは綺麗だな」

竜也が言った。

「へえ。ああいうのが好みなんだ？」

風子は、皮肉って言った。

中島の母　郁美《いくみ》は、町内一の小町で有名だ。

「ところで竜也、甲子園出場を決めた時の、桐生《きりゅう》のポジションは、とっさに思いついたのか？　普通、誰も気づかないぞ」

中島先生は、照れ隠しで話題を変えた。

竜也は、高校三年の七月初め、臨時で野球部に招かれた。弱小チームを率いて、予選の決勝戦までなんとか駒を進めた。ところが、レギュラーの一人が捻挫をして、補欠は、桐生しか居なかった。彼は、三年間がんばってきた部員ではあったが、残念ながら実力は伴わなかった。

「キャプテンは、どう思う？」

竜也が、主将の福井に尋ねた。

「僕は、セカンドかライトかと」

視線を副キャプテンの通称「ハカセ」の西尾に向ける。

「僕もそう思う」

二人は、視線を竜也に向けた。竜也は、少し考えてから言った。

「……俺は、ファーストだと考える」

「何、ファースト？」

ナイン達は、一斉に顔を見合わせた。ハカセは、しばらく考えてから、竜也の考えを理解した。

「確かに、それは一理ある。ショートバウンドや暴投は、野手のコントロールでカバーできるからね」

その時、竜也はふと、少年野球時代、田んぼで自分の父親とバッティング練習をしていた時のことを思い出した。

「速球投手に対して、力で引っ張るだけが能ではないぞ。流すのも高等なテクニックの一つだ。ミスタージャガーズの掛布は、芸術的な流し打ちで、レフトスタンドに叩き込んだものだ」


少年野球の県大会。スコアボードは、「0対2」ツーアウトでランナーは、一塁と二塁。

「バッターの竜也選手、ツーナッシングに追い込まれました。豪腕の槇原投手の前に、なすすべなしか！」

場内アナウンスがグラウンドに響く。竜也はフルスイングしたが、バットは空を切った。

「ストライク！　バッターアウト。いや、ファウルボール」

命拾いした竜也は、チラッと観客席の父に目をやった。父は、何も言わずに腕組みをしている。

その時、竜也は、父との特訓のことを思い出した。

「槇原投手、第四球、投げました」

「カキーン」

「それだ」

竜也の父は、興奮して拳を握りしめた。竜也は、綺麗な流し打ちをし、右中間を打球が突き破った。走者一掃のスリーベースヒット。

しかし、竜也は、いつものことだが、ガッツポーズはしない。

次のバッターは、俊足の桐生。打った打球はサードゴロ。渾身の走りで一塁はセーフ。竜也は、余裕でホームイン。サヨナラ勝ちだ。

「桐生、今の走りは、俺よりも速かったな」

◆

「よし、甲子園出場を懸けた明日の決勝戦のファーストは、桐生で行こう」

キャプテンの福井はナインに告げた。

◆

「もし、竜也がT大学を辞退してなかったら……」

竜也は、中島が言うのを手で制した。

「俺が医者になるよりも、中島の方が多くの人の命を、救ってきただろ」

「竜也」

そばで聞いていた風子は、竜也が中島にだけ見せる真剣な眼差しに、少しだけ、焼き餅を焼いた。

信長のクリスマス

一章　ブレイクダンス

１９８２年、東京。

「ここは、一体どこだ？」

見慣れない建物に、男は、目を見張った。

「こらっ、美波《みなみ》。まだケーキ１個も売ってないじゃないか。このバイト代泥棒」

男は、その一部始終を見て呟いた。

「いずれにしても、まずは金《かね》だな。おいダンナ、俺を雇ってくれ」

ケーキ屋の店長は、男の衣装を嫌そうに見て言った。

「変な格好しやがって。まあいい、これに着替えて、美波と売ってくれ」

男は、服を受け取り、美波の顔をじっくり見て言った。

「おい、美波とやら。その目器のようなものを外せ」

「えっ目器？　めがねのこと？」

美波は、言われるがまま眼鏡を外した。

「それと、今の流行は、あの城に掛かっている遊女か？」

男は、懐から紅と色粉を出して、ポスターを見ながら、美波の顔をメイクアップし始めた。男は、手鏡を美波に手渡した。

「信じられない。これが私？」

美波は、照れ笑いして言った。

「それと、腰巻きも、これぐらいの方がいい」

男は、刀で美波の太ももまで、スカートを切った。

「これは、ケーキと言うのか」

男は、口を大きく開けて、クリスマスケーキにかぶりついた。

「なるほど、美味い」

その仕草を見て、美波は大声で笑った。

「美波、なかなかの美声だな。思いっきり声を張り上げて、粋な道化師を演じてみよ。自信を持って」

◆

「ねえちゃん、俺は二つ買うぜ」

「俺も、親戚の分とで三つだ」

「俺も」

「オレも」

見る見る長蛇の列ができた。

◆

「店長、完売です」

「二人とも、よくやった。三千円のところを五千円ずつな」

店長は、大喜びでバイト代を手渡した。

「美波、俺は一枚でいい。四枚受け取ってくれ」

「何　言ってるの、あなたのおかげでしょ」

美波は、男に返そうとした。

「美波の実力だ。遠慮するな。それに、おなごの方が金がかかるもんだ」

それを聞いて、美波は、大切に財布の中に入れた。

「ところで、私の恩人の名前を、まだ聞いていなかったわね?」

美波は、少しハニカミながら尋ねた。

「拙者の名は」

「名は?」

美波が繰り返した。

「名は、ノブナガ」

◆

美波は、街を歩きながら言った。

「私、何の仕事をやっても自信が持てなくてね。それで、立ち直るキッカケにケーキを売るバイトをやってみたんだけど、一個も売れなくて……せっかくのメイクだから、もう少しイブの夜を楽しみたいわ。ところで、ノブナガの衣装は、映画村の帰り？」

「いや、どうも俺は、この時代の人間ではないらしい」

「ふーん、まあいいわ。あそこ行ってみよ。私、一度でいいから踊ってみたくて」

「デ・ス・コか？」

ノブナガは、美波に押されながら入っていった。

「何か、みんな、俺の方をジロジロ見ているな？」

「当たり前よ、今時そんな格好してる人いないよね」

美波は、噴き出しそうになった。

「あの出し物は、何だ？　ユウショウ三万円と書いてある」

「ノブナガも出てみれば？」

美波は、少しからかって言った。ノブナガは、舞台に上がった。

「あれ見ろよ、ワッハッハッハ」

「エー、ただ今、飛び入りでエントリーがありました。NOBUNAGAです」

「ワッハッハッハ」

しかし、ノブナガが踊りだすと、観客はシーンと静まりかえった。そして、見る見る大歓声に変わった。それは、ノブナガが、戦の前に、家来を奮い立たせるために、いつも披露していた、とっておきだ。

「ノブナガ、凄い」

美波は、心の底から感動した。

「エー、優勝は、NOBUNAGA。満場一致です。NOBUNAGAさん、こんな踊りは、見たことがありません。何と言うんですか？」

「武麗久《ぶれいく》」

ノブナガは、一言だけ答えた。

◆

「美波、あそこは？」

ノブナガが、ふいに尋ねた。

「ああ、本屋ね。ああノブナガ、いいもの見せてあげるわ」

本屋に入るなり、美波は本棚から『日本の歴史・室町〜江戸時代』を取り出してノブナガに見せた。

「驚いた。やはり秀吉は、天下を獲ったのか。おい、家康だけ、やけに長いな」

ノブナガは、不思議そうに美波の方を見た。

「当たり前よ、徳川は、二百六十年続くのよ」

「なんと。ところで、問題は、俺だな。ふむふむ、多少のアレンジはあるが、おおむね合っているな。そして最後は？」

「何、光秀？　それはありえん。ヤツに限って……ウォー、またこれだ。美波、どうやら、もうお別れのようだ」

ノブナガの姿は、クリスマスの夜空に消えて行った。

「ノブナガ、行かないで。もっと、あなたと、ずっと一緒に居たいの」

美波の美声だけが、むなしく街に鳴り響いた。

◆

それが、私とノブナガの一夜の出会い。私はそれから、任海堂の営業部長にまで駆け上がった。ノブナガとの経験が、私の自信に繋がったことは、言うまでもない。今日は、クリスマス・イブ。十年経った今も、この夜は、ノブナガを忘れることができない。

「部長、待合室に一見《いちげん》の営業マンを待たせています。美波さんを名指しで指名しておりますが、帰らせますか」

「いいわ、会いましょう。時間も今、空いていることだし」

◆

「お待たせしました。何のセールスかしら？」

美波は、営業マンの後ろから尋ねた。

「クリスマスケーキをご一緒しませんか、美波さん」

聞き覚えのある声で、営業マンは振り返った。

「あなたは、ノブナガッ！」

「歴史を知っている以上、本能寺を避けようと思えば避けられた。しかし、光秀と碁を打った時、思ったんだ。三劫《さんこう》（注３）が出るとは、むやみに運命を変えるべきではない。素直に受け入れようと。そしたら奇跡がおきた。そういえば書物にも、俺のナキガラは、いくら光秀が探しても、見つからなかったと記してある」

信長は、美波とのバイトで稼いで買った『日本の歴史・室町〜江戸時代』を見せた。

それを見て美波は笑顔で言った。

「ねえノブナガ、私と天下を獲らない？」

「大きく出たな。しかし俺は、天下などには興味はない。今やるべきことをやるだけだ。ところで、その姿は今の流行か？　さらに磨きがかかったな」

美波の頬は、薔薇色に染まった。

注３　三劫　囲碁で、滅多にない現象

二章　アンコール

毎朝おこなわれる任海堂の朝礼は、いつもアットホームで笑いがたえない。

「本日から、我が任海堂に入社した、信長です。実は、私の従兄弟《いとこ》です」

営業部長の美波は、少しハニカんで紹介した。

「ハハ、信長だって。せいぜい名前負けしないように、頑張って天下を獲って下さいな」

営業成績トップの内山俊彦が、早速ひやかして言った。

「いきなり御挨拶ね」

美波は、信長を庇うように言った。

◆

「それじゃ、売り上げの縦計から入れてもらおうかな。はい、電卓」

信長は、電卓を受け取って眺めていた。

「美波？　何これ？」

「うふふ、そうね、信長は初めてよね」

美波は、込み上げてくる笑いを抑えようとした。

「何だ、電卓も叩けないのか」

内山が、信長を馬鹿にして言った。

「なあ、美波。算盤《そろばん》は無いのか？」

「分かったわ。経理の八尾《やお》さんなら持っていると思う」

美波は、経理室へ走って行った。

「ハハ、いつの時代の人間だ？」

内山は、慣れた手つきで、素早く電卓を叩いて言った。

◆

「ふう、先月の売り上げは、まずまずだな」

内山は、得意そうに電卓を机に置いた。

「流石《さすが》に、営業トップにかかれば、電卓も社内一だね」

同僚が、内山に感心して言った。

「まあな。んっ」

パチッ、パチッ、パチッ、パチ。

「なあ内山、あの信長の算盤の速さは、何だ？」

内山と同僚はあ然として見ている。

「今年一年の、石高の見積もりだ」

信長は、算盤をパチッと鳴らして言った。

「合ってるのか？　八尾さん」

内山は尋ねた。

「妥当な所でしょう」

◆

「おい、内山。今度の新製品の展示会の案内状は、もう印刷できたのか？」

同僚が、内山に言った。

「ああ、今、プリントアウトしてるが、こんなもん待ってられないので、俺はパチンコでもしてくるぜ」

「ハハ、これだから営業ナンバーワンは、困るね。上得意様の三百枚は、どうするんだ？」

「そんなもん、定時後、空いたパソコンを使えば楽勝だろ」

「ああ、違いねえ。んっ、あいつ何やってるんだ？　信長だったっけ？」

「ハハ、馬鹿じゃねえの？　今どき、手書きだって。日が暮れるぜ」

内山は、外へ出掛けていった。美波は、信長の書いた案内状を見た。

「信長、すごく達筆だね」

◆

「ただいま」

定時の頃を見計らって、内山が会社に戻って来た。

「ああ、内山さん。このパソコンが空きました。私達は、もう帰宅しますので」

「おお、サンキュー。んっ」

いきなり、部屋の灯りが全て消えた。

「んっ、停電か」

「内山さん、大変です。この停電が復旧するのは、明日の朝八時だそうです」

「なんだって？」

「そんなあ、嫌よ。こんなビルに明日まで閉じ込められるのは」

「馬鹿、そんなことじゃない。上得意様の招待状は、どうするんだ。八時からじゃ間に合わない」

「そんなの無理よ。んっ、信長さんは、何をやっているの？　まさか、手書き？」

「馬鹿か、三百枚も、どうやって書くんだ」

そこへ美波が、入って来た。

「私も書くわ」

それを見て、ほかの女子社員も席に座った。

「私達も、どうせ朝まで暇だし」

「バカバカしい。俺は向こうで寝るぜ」

◆

翌朝、約束の時間まで、あと10分と迫った。

「私達十人は、全部で五十枚、信長の二百枚と合わせて二百五十枚。皆、がんばってくれたけど、残念ながら五十枚足りないわ」

美波は、悔しそうに言った。

そこへ内山が入って来た。

「こらっ、内山。今まで寝てたのか。えっ」

女子社員は、内山から何かを受け取った。内山は、何も言わずに出て行った。

「これ、手書きの招待状が五十枚ある」

それを見て信長は、この時代にも男が居るんだなと思った。

郵便はがき

料金受取人払郵便

新宿局承認

7552

差出有効期間
2024年1月
31日まで
(切手不要)

160-8791

141

東京都新宿区新宿1－10－1

(株)文芸社

愛読者カード係 行

ふりがな お名前			明治　大正 昭和　平成　　年生　歳	
ふりがな ご住所	□□□-□□□□		性別 男・女	
お電話 番　号	(書籍ご注文の際に必要です)	ご職業		
E-mail				
ご購読雑誌(複数可)		ご購読新聞 新聞		

最近読んでおもしろかった本や今後、とりあげてほしいテーマをお教えください。

ご自分の研究成果や経験、お考え等を出版してみたいというお気持ちはありますか。

ある　　ない　　内容・テーマ(　　　　　　　　　　)

現在完成した作品をお持ちですか。

ある　　ない　　ジャンル・原稿量(　　　　　　　　　　)

書　名			
お買上 書　店	都道　　市区 府県　　郡	書店名	書店
		ご購入日	年　月　日

本書をどこでお知りになりましたか?

1.書店店頭　2.知人にすすめられて　3.インターネット(サイト名　　)

4.DMハガキ　5.広告、記事を見て(新聞、雑誌名　　)

上の質問に関連して、ご購入の決め手となったのは?

1.タイトル　2.著者　3.内容　4.カバーデザイン　5.帯

その他ご自由にお書きください。

(　　)

本書についてのご意見、ご感想をお聞かせください。

①内容について

②カバー、タイトル、帯について

弊社Webサイトからもご意見、ご感想をお寄せいただけます。

ご協力ありがとうございました。

※お寄せいただいたご意見、ご感想は新聞広告等で匿名にて使わせていただくことがあります。

※お客様の個人情報は、小社からの連絡のみに使用します。社外に提供することは一切ありません。

■書籍のご注文は、お近くの書店または、ブックサービス(0120-29-9625)、セブンネットショッピング(http://7net.omni7.jp/)にお申し込み下さい。

ドラゴンフライ

時は、2070年9月。ここは、宇宙戦闘機の訓練場である。

「おい、京介。今日の訓練も、おまえが一番だったな」

訓練生の洋平が言った。

「当たり前だ。おい見ろよ、情けない教官が帰っていくぜ」

京介が、顎でしゃくる。

「教官は、戦場では、ドラゴンフライと言われていたらしいと噂で聞いたけど、大したことないね」

洋平が、オーノーといったジェスチャーを見せた。

「まったくだな」

京介も鼻で笑って答えた。

「そうだ。京介、知ってるか？　教官と大石先生は、イイ仲らしいぜ」

「マジかよ。あんな男の、どこが良いのかね」

京介と洋平は、ジェラシーを感じて、お互い苦笑いをした。すると、そこへタイミング良く、大石先生が歩いてきた。京介達は、思わず先生に礼をした。大石先生は、険しい表情をして、強い口調で言った。

「あなた達、また教官にロックオン（注4）を掛けたそうね」

「そうです。これで京介は、三回目です」

洋平が、得意そうに言った。大石先生は、キッと睨み、一言だけ言って去って行った。

「あの男、甘く見ないことよ」

京介と洋平は、顔を見合わせて笑っていた。

◆

「緊急事態発生。訓練生は、作戦会議室に大至急集合」

緊急放送が流れた。

会議中、訓練生を前にして、教官は手短に言った。

「未確認飛行機が数十機、地球に向かっている。君らには、初めての実戦になるが、任務は、それらを迎え撃つことだ。既に、宣戦布告と認めている」

「イエッサー」

三十名の訓練生は、勇ましく返事をした。洋平は、京介に言う。

「俺達、大丈夫かな?」

「なあに、楽勝だな」

トップの京介を先頭に隊列を組んで、訓練生は、発進して行った。しばらくして、敵の戦闘機の隊列が見えた。教官の言う通り二十機ぐらいのようだ。早速、敵がミサイルを撃ってきたが、訓練生達は、見事にかわした。

すかさず、京介がミサイルを撃ち返す。見事に一機に命中した。洋平が、感心して言う。

「やっぱり、京介は凄いや」

続いて二機、三機と撃ち落とし、他の訓練生も続いた。敵は残り五機ぐらいになり、訓練生は、任務を完了できたと思った。京介も、有頂天で、洋平達に言った。

「俺達の訓練の成果だ。軽いもんだ。残りも簡単に片付けようぜ」

「ラジャー了解」

訓練生達が、安心してミサイルを撃った。っと、その時である。流れ弾が飛んできて、訓練生の一機を撃墜した。すると辺りには、見る見るミサイルが飛んできて、訓練生が次々に撃ち落とされていく。どうやら、敵の最初の二十機は、京介達を誘い込むための囮《おとり》だったようだ。周りは、数百機で囲まれている。

「しまった」

気がつけば、京介と洋平の二機になっていた。

「京介、どうしよう？」

「どうって、逃げるしかないだろう。しかし、もう手遅れだ。洋平、今までサンキューな」

「僕も、京介ありがとう」

二人は、覚悟して目をつぶった。その時、敵が一機、何者かに撃ち落とされた。

「二人ともハンドルを、しっかり持て」

一機の赤い戦闘機が、次々に敵を撃ち落としていく。

「えっ？」

京介と洋平は、目を見はった。

「二人とも、あの元気は何処へ行った？」

京介と洋平は、思わず聞き覚えのある声に応えた。

「教官！」

「逃げようとか、思ってたんじゃないだろうな」

「しかし、教官。敵の数が多すぎます。第一、弾が足りません」

「これが、戦場というもんだ。こんなのは、どうだ」

教官が撃ち落とした敵は、二、三機にぶつかって、敵を巻き込みながら墜落していく。教官が、一言つぶやいた。

「一機しか落とせないって、誰が決めた？」

「腕が違いすぎる」

京介と洋平は、同時に囁いた。

「見とれてないで、撃ち落とすんだ」

RROR

「イエッサー」

その時、京介と洋平は、思い知らされた。

何故、教官がそう呼ばれていたのかを。

『ドラゴンフライ』

注4　ロックオン　いつでもミサイルを撃ち込める状態

冬の奇跡

「うわっ、また、こんなに沢山の雑誌が、捨てられている」

僕の名は、北川大介、二十四歳、彼女いない歴一年、主な仕事は駅業務、趣味は本を集めること。将来は、図書館を作りたいと思っている。

「ヤンジャン、ヤンマガ、ヤングチャンピオンと、みんな電車で、一回読んだだけで簡単に捨ててるけど、女性を口説くのが、どんなに難しいか知らないはずはないのにね。三百円だけど、三十万円の価値は十分あると僕は思うよ。慣れとは恐ろしいもんだね」

大介は、手際よく紐で結んで、ゴミの回収に来る駅の物置に片付けた。

大介は、仕事を終えて愛車に乗り、いつもの道を帰っていく。ふと、コンビニのパーキングに目をやった。大型トラック用のラインの横に、分厚い物が落ちているのが目に留まった。

「あれは、たぶん本だ」

今日は、朝から少し雨が降っていたが、大介は、車を停めた。

「やっぱり。少し濡れてるけど、まだ大丈夫だ」

昼食に弁当を食べた時のビニール袋に、素早く入れた。

「でも、これ少しセクシーな本みたいだね、まあいいや、可愛い絵みたいだし」

大介は、本に限らず、なんでも直すのが好きだ。そんなところは、一代で町工場を築き上げた、親父の血かも知れない。この前なんかは、古本屋の三十円コーナーに、『グイン』(注5)が四冊あった。しかし、一巻の表紙が汚れて汚なかった。普通なら、それで買う気がなくなるところだが、大介の場合は逆だった。

「この表紙の汚れは。まだ拭けば取れる」

結局、これが発端で、その本のシリーズは、全百三十冊読破してしまった。

◆

「よし、あともう一日、太陽で乾かせば、この本は復活だ」

大介は、車のリアシートの足元に、本を入れたビニール袋を置いた。

「んっ?」

何となく、「アリガトウ」と小さな声が聞こえた気がした。

大介と、一年前に別れた彼女の美幸《みゆき》は、相性バッチシだった。二人とも結婚すると思っていた。明日は、大介の二十五歳の誕生日だ。

大介は、一人で町を歩くのも悪くないと思った。

誕生日の当日。

「大漁、大漁、今日は、古本屋に来て大正解だった。しかし、品定めに少々時間がかかってしまったけど」

大介は、愛車に乗って、エンジンのセルを回そうとした。

「んっ、しまった。スモールランプがつきっ放しだったんだな。そうか、トンネルを通った時だ。バッテリーが、あがってしまった」

「ハーイ、ダーリン。何かお困りですか？」

うっ、何だ、この可愛い娘は？　絶対に怪しい。

「いや、何でもないですよ」

「フフフ、照れちゃって。これをお探しでは？」

何、ブースターケーブル（注6）ではないか。ここは、素直に好意を受けるとするか。いや、しかし、見返りが怖い。

「さあ、どうぞ」

でも、仕方ない。

「ありがとう」

◆　◆

「いやあ、助かったよ。でも、どうして君みたいな女の子が、ブースターなんか持ってたわけ？」

「フフフ、ところでダーリン、私、おなかがペコペコなの」

やっぱし、これか。しかし、ブースターを借りた恩があるし。

「ごちそうさま。ここは、私が払っとくわ」

「えっ、いや僕も、たくさん食べたし」

「いいの、いいの。おなかが膨れると歌が歌いたくなるわね。フフフ、ダーリン、歌うまいでしょ」

「えっ」

正直、歌には自信があった。こうなったら、行けるとこまでいくか。

「驚いた。やっぱり、歌うまいのね」

「いや、それほどでも。さあ君も歌ってよ。何を歌ってくれるの？」

「ダーリンが、歌ってほしい歌なら、何でも」

「そのダーリンと言うのも何か照れくさいね。良かったら大介って呼んでくれる？」

「いいわ、大介。何、歌ってほしい？」

「それじゃ、宇多田ホタルのサード・ラブ」

実は、美幸のオハコだ。

「フフ、やっぱり、そう来たか。まだ忘れられないんだね？」

「えっ、何か言った？」

「フフフ、何でもないわ。最初のキスは、葉巻のフレーバーがした～」

それを聴いて、大介は、涙を流した。まるで、美幸が歌っているようだ。誕生日に、それが聴けるとは、思ってもみなかった。

「ここも、私が払うわね」

「いや、さっきもだし」

「いいの、いいの。こんな紙切れ、作ればいいの。おっと……。

ねえ大介、次は何処へ行きたい？」

「そうだねえ」

「ヘイヘイヘイ、色男のお兄ちゃん。いい娘連れて、図に乗ってんじゃないよ」

三人組が、絡んできた。

「うっ、マズイ」

僕って、喧嘩は、からっきしで。

「大介、どこでもいいから、パンチ繰り出してみて」

「えっ？　こうかな？」

「イテー」

三人組の一人が、倒れこんだ。

「何てことしやがる、ウワーッ」

二人目も倒れこんだ。

「ちょっと待て、色男。お前の女は、この通りだ」

「うっ、卑怯な」

「ボコッ」

「痛てー」

女の子を、人質に取っていた男は、女の子のパンチで吹っ飛んで行った。

「はっ、しまった。私としたことが」

女の子は、照れ笑いをした。

「痛てーよ、兄貴、もうこんな変な奴ら放っといて、逃げようぜ」

「いや待て、思い出した。確かこの男は、古本屋で本をよく買っているヤロウだ。ほら見ろ、車に沢山の本が積んである」

「ほんとだ。殴られた腹いせに、全部、破ってやろうか」

「ああ、そりゃ名案だ。ほら、悲しいか?」

「やめろー」

大介は、涙を流していた。

「おいおい、この男、こんなセクシーな本まで積んでやがったぜ」

「あっ、それは」

思わず女の子は、声を出してしまった。

「んっ、これがどうかしたか、面白い。燃やしてしまえ」

チンピラは、その本に煙草の火をつけた。

「うっ」

女の子の動きは、止まった。

「えっ？」

大介は、女の子の姿が、足元の方から、だんだん透けていくように見えた。

「どうしたんだ？」

「大介、ごめん。どうやら、お別れのようだわ。楽しんでもらえたかしら、私からのプレゼント」

「えっ、どうして？」

「フフ、さよなら」

大介は、なぜだか分からないが、チンピラ三人を殴り倒し、コンビニの駐車場で拾った本を取り返して火を消した。チンピラは、逃げて行き、大介は、燃え残った最後のページを見た。

ナんメ、♥

「これは？　そうだったのか」

大介は、初めて、その漫画のヒロインを見た。

「あわてんぼさん。口に、さっき一緒に食べたスパゲティーのあとが、まだ残っているよ。でも、サンキューな」

冬の夜空に舞った灰は、銀河のように輝いた。

注5　グイン　栗本薫の130巻の長編小説『グイン・サーガ』
注6　ブースターケーブル　バッテリー同士をつなぐコード

THE GRASSHOPPER 参

一の章　三人衆

「カキーン」

二人の若い男が刀を交え、正に勝負がついた。

「そこまでだ、遠雷《えんらい》。参った」

赤竜団の首領の夕凪《ゆうなぎ》は、潔く負けを認めた。

「やっと、父、鳳竜《ほうりゅう》と同じ土俵に立てた気がします」

遠雷は、謙虚に言った。

「ああ。鳳竜師匠と同じ、三分身を遂に物にしたな」

「恐れ入ります。しかし、私は、三分身が精一杯ですが、竜《りゅう》様の五分身とは一体？」

遠雷は、信じられないという顔をして言った。

「はは、竜兄貴は別格だ。あの方こそ、阿修羅の化身。綱典《つなすけ》様の父上、綱宣《つなのぶ》様のお気に入りだった頃の武勇伝がある」

夕凪は、遠雷相手に、得意げに話しだした。

◆

「お呼びでしょうか、綱宣様」

秋庭《あきば》軍の若い武将、竜は、阿助《あすけ》と吽助《うんすけ》（綱典）の父、綱宣の前で跪《ひざまず》いて言った。

「うむ、おまえは、日頃の努力の甲斐あって、日に日に力をつけてきた」

「これは、綱宣様、恐れ入ります」

「このまま精進すれば、いずれは、秋庭の武力を背負う武将として、我が息子、阿助と吽助を支えてくれることと信じておる」

「勿体なき御言葉です」

やんちゃな竜が、深々と頭を下げて言った。それを見て、豪傑の綱宣は、笑顔を見せた。

「ところで、卍《まんじ》組という集団に、聞き覚えはあるか？」

「はい、噂では、綱宣様が、まだ私を召し抱えて下さる前に居ました、我が師匠鳳竜の、赤竜団を凌ぐほどの組織で、武術の達人ばかりの連中と聞きます」

「うむ、赤竜団との違いは、温厚で人柄の良い鳳竜が束ねているのに対して、卍組は、ならず者の集まりだ」

「はい、しかし、それぞれの武器を使わせると、卍組の右に出る者は居りますまい」

「近頃、奴らの行いには、目を見張るものがある。一つ、俺《わし》の頼みを聞いてくれぬか」

「私に、卍組を壊滅させろと言われるのですね」

「うむ」

「……」

「いくら竜でも、無理か」

「やらせて下さい。しかし、ただ壊滅させるだけでは、面白くありません」

「何か、考えがあるようだな。頼んだぞ」

綱宣は、ニヤリと笑って言った。

◆

「ここが、卍組のアジトか。確かに薄気味悪いな。んっ」

キュイーン、グサッ。

竜の足元に矢が突き刺さった。

「むっ、この距離で矢が」

竜は、一町先を眺めて言った。

「貴様は、何者だ？　ここが、卍組のアジトと知ってのことか？」

黒い影から、男が近づいてきた。

「俺の名は、竜。命がいらねえ奴は、前に出ろ」

竜は、長剣を構えて言った。

「馬鹿か、お前は？　今度は額を貫くぞ」

男は、弓を引こうとした。

「待て、操傑《そうけつ》。そいつは、刀が得手のようだ。俺に任せろ」

もう一人の男が、竜と同じく、長剣を背中から抜いて、竜の方へ歩いて来た。

「俺の名は、燈傑《とうけつ》。お前の相手は、俺だ」

燈傑は、刀を竜めがけて振り下ろした。

「カキーン」

竜が、刀を受けて、火花が飛び散った。

「カキーン、カキーン、カキーン」

「ほう、しゃしゃり出て来ただけあって、なかなかやるな」

燈傑は、余裕で、竜の刀を跳ね返しながら言った。

「しかし俺の敵ではない」

真南だった太陽も、西の地平線に傾き、余裕のあった燈傑も、いつしか防戦一方になった。竜と燈傑の戦いは、それから三日三晩続いた。燈傑は、最後の力を振り絞って、竜に渾身の力で刀を振り下ろした。

「ガキーン、ぐさっ」

それを受けた竜の刀が、飛んで行って、地面に突き刺さった。

「勝負あったな」

燈傑は、ニヤリと笑って、突き刺さった竜の刀を、地面から抜こうとした。

「んっ」

もう一度、力を込めて燈傑は、刀を抜いた。

「これは？」

燈傑は驚いた顔をして、竜の方を向いて言った。

「お前は、こんな刀を振り続けていたというのか」

竜は、黙っている。

「俺の負けだ。竜、お前の刀は、俺の刀の倍は重い」

燈傑は、その場で跪いて言った。

「面白い、竜とやら、お前は弓は引けるのか？　俺との勝負、受けて立つか」

操傑という男が、竜のそばに来て、弓と、十本の矢が入った靫《ゆぎ》を、竜に渡した。

「一町（約200メートル）先に、的が十個並べてある。その的に何本的中できるかの勝負だ。もっとも、お前は、届かないだろうからハンデをつけてやるが」

そう言って、操傑は、矢を放ち出した。綺麗な放物線を描き、一つ目の的に的中した。

「ほう」

竜が言った。操傑は、気分を良くして、矢を放ち続けた。二つ目、三つ目と順番に的に当たっていき、最後の一つとなった。

「これで終わりだ。百発百中だな。んっ」

最後の矢は、風に煽《あお》られて的を逸れてしまった。

「最後は、惜しかったが、竜、お前には、届くことすら出来ぬだろう」

操傑は、フフフと笑った。

「俺も、この距離でいい」

竜は、続けざまに九本を放った。

「うっ、この距離で、全て的の中心を貫いていく」

操傑は、信じられないという顔をして言った。

「これは、もしや」

いつの間にか、卍組の組員が、総勢で見守っていた。

「ぐっ」

竜は、十本目を放つ時、声をあげ、矢は、大きく的を外れた。

「この勝負、引き分けか」

操傑は、ほっとして、竜に言った。竜はうつむいている。

「操傑様、大変です」

組員の一人が、的の裏側から言った。

「何だ。どうした？」

操傑は、しかめっ面をして言った。

「操傑様、竜の最後の的の裏に、燕が雛鳥の巣を作っておりました」

「なんだと」

操傑は、竜の方を見て言った。

「貴様、それを知って、わざと的を外したというのか？」

竜は、何も言わず、苦笑いのような顔をした。

「燈傑様に続いて、操傑様までも負かすとは」

組員達は、ざわめいた。そこへ、一人の男が、竜に向かって歩いて来た。

「うう、鵬傑《ほうけつ》様が、自ら来られた」

組員達は、全員跪いた。

「竜と申したかな？」

「ああ。貴様が、組長の鵬傑か？」

「そうだ」

竜と鵬傑は、しばらくの間、無言で対峙していた。正直なところ、竜の体力は限界だった。

「町での数々の無礼、お許し願いたい。我ら卍組一同、これより、竜様にお仕え致します」

「なんだと」

「この馬は、その忠誠の証しと致します。私が手塩にかけて調教した馬のなかで、最高の駿馬です。百里（約四〇〇キロ）を駆け抜けることから疾風と名付けました。どうか、竜様の思うように使って下さい」

鵬傑は、竜の前に跪いて言った。

「ほう、これは、綱宣様への良い土産になるな」

竜は、鵬傑を抱え起こしながら振り返った。卍組三人衆を先頭に、全組員が竜と疾風の後ろからついて来た。それを見て、竜は一言だけ言った。

「勝手にしろ」

二の章　灯と桜

竜と虎助と歌右衛門は、大山へ繋がる峰で、武蔵《たけぞう》の新しい剣術の相手になるために出向くことにした。

「カキーン」

「なるほど、二刀流とは思いつかなかったな」

竜が感心して言った。

「しかし、この構え、どこかで見覚えがあります」

虎助も、舌を巻きながら言った。

「以前、桃香《ももか》さんの歌声を聴いた時に、思いついたらしいよ」

歌右衛門が、得意そうに言った。

「なるほどねえ」

竜と虎助は、一本取られたと思った。

◆

四人は、大山への峠を下って行った。

「喉が渇いたな。あそこの茶店で一服していこう」

竜に続いて、三人も茶店に入って行った。

「なかなか、綺麗な茶店ですね」

虎助が笑顔で言った。

「いらっしゃいませ」

長い髪の清楚な娘が、振り返ってお茶を置こうとした。

「えっ、灯《あかり》？」

歌右衛門が、娘の顔を見るなり驚いて言った。

「ほんとだ。灯、こんな所で何をしてる？」

竜も驚いて言った。

「いえ、私は、そのような名前ではありません」

娘は、戸惑って言った。

「おまえは、灯だよ。俺が見間違えるもんか」

歌右衛門は、強引に娘の髪をかき上げた。

「あれっ、桃の印が無い」

「何をなさるんですか。私の名は桜です」

娘は、泣きそうな顔をして言った。

「しかし、灯と瓜二つですね」

虎助も首を傾げた。

「おい、桜。用意はできているか?」

横柄な男が、茶店に入って来た。

「分かっているな、明日だぞ。逃げようったって、そうは行かねえからな」

威《おど》すように言うと、男は嫌な笑いを浮かべながら出て行った。

「ううう」

桜という娘は、うずくまって泣きだした。その姿を見かねて、虎助は、優しく声をかけた。

「桜さん。もし私達でよければ、訳を聞かせて下さい」

「うう、取り乱して申し訳ありません」

桜は、しゃくりあげて言った。

「私は、明日、あの乱暴な男の所へ嫁がねばなりません」

「何だって⁉」

竜と歌右衛門は、驚いて大声を出してしまった。

「私は、年老いた父と母と一緒に、細々と茶店で生計を立てているんですが、もし私が嫁ぐのを拒んだら、茶店を立ち退きさせると言うのです」

竜達四人は、桜を気の毒に思いながら、大山を下って行った。

◆

竜と虎助と歌右衛門は、武蔵と別れた後、大山の生き字引、おばばを訪ねた。

「久しいな、おばば。まだまだ若々しいな」

「何を、おっしゃいますだ、竜様。美男子が三人揃って、このおばばに、何の御用ですじゃ？」

おばばは、弁財天のような笑顔で言った。

「実はな、おばば。灯のことについて尋ねたいんだが」

竜は、単刀直入に切り出した。

「はいな」

「大山の茶店に、灯に似た娘が居て」

それを聞くなり、おばばが目を大きく見開いた。

「おばば、知っているんですか」

虎助も興奮して口を挟んだ。

「とうとう、話す時が来ましたな」

「おばば」

「灯には、同時に産まれた姉が居ましたじゃ」

「何だって」

「はいな。しかし、村では、双子は不吉だと噂されるので、すぐに姉の方は、大山の茶店の仲の良い夫婦に、養女として育ててもらうことにしましたじゃ。二人は、子宝に恵まれなかったので、たいそう喜ばれて、実の子供のように育てて下さった」


「そんな優しい茶店の主人なら、こんな縁談は辛いだろうな」

竜は、腹立たしげに言った。

「この話、灯には、伏せておくか」

◆

桜が、嫁ぐ当日。

「おお、見事な白無垢姿だな。もっと近う寄れ」

新郎は、鼻の下を伸ばして、桜を抱き寄せようとした。

「おやめ下さい」

手を振り払う桜に、新郎が顔を寄せようとした。

「ボコッ」

新郎は、吹っ飛んで行った。

「いてーよう」

「失せろ」

桜は一言だけ決め台詞を言った。

「もう、あんな茶店なんか、どうでもいいよ。出てってくれ」

桜は、外へ出て、もと来た道を歩いて行った。そこへ歌右衛門が慌てて駆け込んで来た。

「灯、怪我はなかったか?」

「大丈夫。指一本、触れさせていないから。ところで、私の白無垢姿はどう?」

灯は、笑いながら舌を出した。それを見て、歌右衛門は安心したように言った。

「それより、大人しいほうの灯もいいね」

「この浮気者」

灯は、歌右衛門に拳を振り上げようとした。その姿を見て、竜と虎助は噴き出した。

三の章　粉雪

虎助と竜の所へ、桔梗屋《ききょうや》の番頭、米吉《よねきち》が訪ねてきた。

「おう米吉、今日はお前さん一人か？」

「はい、竜様。坊ちゃんには内緒でして」

米吉は、バツが悪そうに返事をした。

「それで、話と言うのは？」

虎助が、促すように言った。

「はい。この度、私は、長年お世話になった桔梗屋をやめることになりまして」

「ほう、それは寂しくなるな」

竜は、愛想で言った。

「いえ、ところが一つ気がかりがありまして」

「うむ、ひょっとして桔梗屋の長男のことか？」

竜が鋭く言った。

「そうです。私は、まだ坊ちゃんが、よちよち歩きをしてる頃から、坊ちゃんを任されて参りました」

「そんなに前からですか」

虎助は、気の毒そうな顔をした。

「はい。私が言うのもなんですが、坊ちゃんは、何をやっても短期間で上達されます」

「確かにそうですね。以前の和菓子『粉雪』も、よい所まで行きましたもんね」

「流石は、虎助様。目の付け所が違いますね。あれは、快心の出来でした」

米吉は、気分を良くして、懐から一枚の錦絵を出して広げた。

「これは、素晴らしい」

竜と虎助は、感心して言った。

「これも、坊ちゃんの作品です」

「そう言えば、町内の喉自慢でも、良い所まで行ってたのを見たことがある」

竜が思い出して言った。虎助は、密かに思った。

(なるほど。確かに、どれを取っても一流には違いない。しかし、粉雪の時もそうだったが、世に認めてもらうためには、何かが足りない気がする)

◆

質屋越前屋の商いを、何やら二人の怪しい男女が、長屋の路地から眺めてつぶやく。

「おい、見ろよ、お裕《ゆう》」

「ちきしょう、越前屋の次郎のやつ、ちゃっかり幼馴染みのお初《はつ》との間に、子供をこしらえてやがる。それも、二人も」

お裕は、歯軋りをして藤十郎に言った。藤十郎が、ふいにお裕に言った。

「あそこを歩いているのは、確か桔梗屋のセガレだぜ」

「ふーん」

お裕は、ニコリと笑って、桔梗屋の長男へ歩み寄った。

「ちょっと、そこの粋な旦那」

桔梗屋の長男は、周りをキョロキョロしてから、その気になった。

「俺に、なんか用か？」

（ふふ、さっそく引っかかってきた）

「あたいを、桔梗屋さんで雇って下さらないかしら」

桔梗屋の長男、雪乃丞は、お裕の容姿を穴があくぐらい眺めて、よせばいいのにニヤリと笑って言った。

「ああ、ちょうど俺は、番頭の米吉に捨てられたところだからな」

お裕は、心の中で、来た来たと思って、舌を出してついていった。

◆

「チョロイもんさ」

お裕は、桔梗屋の金庫を風呂敷に包んで、藤十郎の所に駆け寄ろうと急いだ。

「ほれ、藤十郎。えっ」

藤十郎に声をかけようとしたが、藤十郎は、お裕に気付かず、女と歩いて行った。

「あの野郎、女が居やがったのか」

お裕は、怒鳴ろうかと思ったが、ふいに涙が込み上げてきて、その場で長い間、立ち尽くした。

「濡れるぜ」

男が一人、お裕の後ろから傘をさしかけた。

「あんたは、雪乃丞」

お裕は、涙がこぼれないように、雪乃丞の顔を見上げて言った。

「あんた、あたいを叱らないのかい？」

「ふふ、捨てられた者同士、寄り添うのもオツなもんだぜ」

お裕は、あらためて、じっくりと雪乃丞の顔を見た。まんざらでもなかった。

「しょうがねえ、あんたで手を打っとくか」

お裕は、本当の笑顔を見せた。

その光景を、たまたまそこを通りがかった竜と虎助と米吉が見た。虎助は、米吉をねぎらうように言った。

「意外な組み合わせですが、雪乃丞も、芸を極めるキッカケになるといいですね」

桔梗屋

「はい。きっと、坊ちゃんならやってくれますよ。私は、信じています」

いつしか辺り一面に降り積もった粉雪に、足跡を付けるのを惜しむかのように、米吉は去って行った。

あとがき

小学生の頃に、「将来の夢」を誰もが書いたことがあると思います。最近では、サラリーマンになりたいという、現実的な夢を書く子供達も多くなっているそうですが、私は無謀にも、歌手と書いた記憶があります。

中学生の時、音大卒の先生が赴任してきて、歌の試験がありました。当時、歌には、相当な自信があって、その先生の前で、ここぞとばかりに思いっきり歌いました。

そして、学期末に配られる、通知表を楽しみに開きました。ところが採点は、五段階で、なんと2でした。つまり、普通よりも下の「劣っている」という評価です。自分が、最も得意とするもので勝負して、皆よりも劣っている。この先、自分は、何をやっても駄目なのではないだろうか。ロックバンドを組んでいる同級生の音楽を、ホールの後方で、うつむいて聞く学生生活を送りました。

そのまま学校を卒業して、運良く、若い社長さんのＩＴ会社に就職することができました。

ある日、その社長さんが、私の歓迎会をして下さり、二次会へ連れて行ってもらいました。なんと、三宮《さんのみや》のラウンジで、田舎から出て来た私には、周りはマブシイ女性ばかりです。そして、会社の従業員が、順番にカラオケを歌っていき、いよいよ次が私の番です。正直、例の件で自信を失ってから、一度も歌っていませんでした。すると若社長が、私の前に歌を歌ってくれることになりました。私は、この三十代のイケメン社長が、一体、どんな凄い歌を歌ってくれるのか期待していました。ところが、いざ歌いだして、ビックリしました。何と言いますか、上手くないんです。そして、いくらなんでも、これよりは私も歌えるに違いないと思い、青春時代の鬱憤を晴らすかのように思いっきり歌いました。すると、ラウンジのお姉さんも、会社の女性従業員も大歓声で拍手をくれました。それを聴いて、若社長が一言、「喜作、歌、めっちゃ上手いな」。

そのことによって、再び自信を取り戻して、社会への第一歩を気持ちよく踏み出すことができました。

その御世話になった会社も退職して、数十年経った或る日、偶然、街で若社長と出会いました。「社長、あの時は、ありがとうございました。私に自信を持たせるために、わざと下手に歌って下さったんですね」。それを聞いて社長は、煙草に火をつけて一言だけ言いました。

「あのなあ喜作。俺、生まれつき歌、音痴やねん」

（ガクッ）

著者プロフィール

喜佐久（きさく）

著者と母

飲食店、ホテル、病院、整備士、プログラマー、医療事務、バリスタ、駅員等様々な職を経験。

趣味は読書『グイン・サーガ』（栗本薫130巻読破）。『コブラ』（寺沢武一）。

特技はゲーム（チャンピオンシップロードランナー　チャンピオンカードNo.28215、ゼビウス16エリア突破、ファミリーマージャンⅡ上海への道　麻雀老君撃破）。

著書『THE GRASSHOPPER』（2021年２月 文芸社）
『THE GRASSHOPPER 弐』（2021年10月 文芸社）

本文イラスト　シカタシヨミ
イラスト協力会社／株式会社ラポールイラスト事業部

短編集　THE GRASSHOPPER 参

2022年８月15日　初版第１刷発行

著　者　喜佐久
発行者　瓜谷 綱延
発行所　株式会社文芸社
〒160-0022 東京都新宿区新宿１−10−１
電話 03-5369-3060（代表）
03-5369-2299（販売）

印刷所　株式会社暁印刷

ISBN978-4-286-23852-4